CW00648729

Vive la France !

Pour Assia-Kunta

© Éditions Nathan (Paris-France), 1999 pour la première édition
© Éditions Nathan (Paris-France), 2012 pour la présente édition
Loi n°49-956 du 16 juillet 1949 sur les publications destinées à la jeunesse
ISBN : 978-2-09-253659-9
N° éditeur : 10179827 - Dépôt légal : février 2012
Imprimé en France par Pollina, 85400 Luçon - n° L58778

Thierry Lenain

Vive la France !

Illustrations de Delphine Durand

Dans ce pays

il y avait un village.

Dans ce village,

une école.

Dans cette école,

une cour.

Et dans cette cour,

un enfant tout seul : Lucien.

Pourtant, autrefois,
Lucien avait une bande.
C'était même lui le chef.
Dans sa bande, il y avait :
Anaïs, Benjamin, Judith,
Jérôme, Lâo, Loïc,
Manuel, Karina et Mathieu.
Mais aujourd'hui, c'est terminé.
Voulez-vous savoir pourquoi ?

Un matin, une nouvelle élève arrive à l'école. Elle s'appelle Khelifa. Lâo propose à Khelifa de faire partie de la bande. Lucien ne veut pas.

Lâo : Pourquoi tu ne veux pas ?

Lucien : Parce qu'elle n'est pas française.

Lâo (*étonné*) : Comment tu le sais ?
Lucien : Tu es bigleux
ou quoi ? Elle est arabe !
Lâo : Et alors ? Être arabe,
ça n'empêche pas
d'être français…

Lucien (*énervé*) : Arabe,
ce n'est pas pareil que nous !

Lâo : Pas pareil que qui ?

Lucien (*très énervé*) : Pas pareil
que toi et moi !

Lâo : Et alors ? Toi et moi
non plus, on n'est pas pareils…

Lucien (*très très énervé*) :
C'est toi qui n'es pas pareil !

Lâo : Ah oui ? Alors, salut.

Lucien (*surpris*) : Où vas-tu ?

Lâo : Avec celle qui n'est pas
pareille !

Voilà comment il y eut un enfant
de moins dans la bande de Lucien.

Manuel s'approche de Lucien.

Manuel : Pourquoi tu dis que Lâo n'est pas pareil ?

Lucien (*moqueur*) : Tu as entendu son père ? Il parle chinois !

Manuel (*étonné*) : Qu'est-ce que ça peut faire ?

Lucien : Pour être dans ma bande,
il faut que notre père parle français.

Manuel (*fronçant les sourcils*) :
Et notre grand-père, il doit aussi
parler français ?

Lucien : Oui ! Et notre mère aussi,
et notre grand-mère aussi !

Manuel (*tournant les talons*) :
Mon grand-père parle seulement
portugais. Alors, salut.

Lucien (*vexé*) : C'est ça !
Les étrangers avec les étrangers !

Voilà comment il y eut deux enfants
de moins dans la bande de Lucien.

Anaïs, Judith et Karina,
les trois filles de la bande,
s'approchent à leur tour
de Lucien.
Judith : Qu'est-ce que tu racontes ?
On s'en fiche que le grand-père
de Manuel ne parle pas français.

Karina : Et si son père
ne parle pas français,
on s'en fiche aussi.

Anaïs : Et si Manuel ne parlait pas
français… On lui apprendrait !

Lucien (*menaçant*) :
Vous les filles, bouclez-la !

Les filles : Adieu, monsieur le chef !
Lucien (*marmonnant*) : C'est ça…
Bon débarras…

Voilà comment il y eut cinq enfants
de moins dans la bande de Lucien.

Benjamin passe alors par là.

Lucien : Bouboule ! Va dire à ces imbéciles que ce sont des crétins !

Benjamin (*bredouillant*) : J'aime pas… quand tu m'appelles Bouboule.

Lucien (*moqueur*) : Ah oui… Bouboule ?

Benjamin (*la voix tremblante*) :
Non… pas Bouboule…

Lucien (*insistant*) : Pourquoi…
Bouboule ?

Benjamin (*fuyant*) : Je ne veux plus
que tu sois mon chef !

Lucien : C'est ça ! Le patapouf
avec les filles et les étrangers !

Voilà comment il y eut six
enfants de moins dans
la bande de Lucien.

Très en colère, Lucien appelle
Loïc et Mathieu.

Lucien (*autoritaire*) : Allez casser
la figure à ces minables !

Loïc : Heu… je n'aime pas
me battre…

Mathieu : Moi non plus !

Lucien (*ricanant*) : Trouillards !

Mathieu et Loïc (*ensemble*) :
Tu n'as qu'à y aller toi-même !

Loïc (*entraînant Mathieu*) : Nous,
on préfère jouer avec eux…

Lucien : Dégonflés ! Femmelettes !

Voilà comment il y eut huit enfants
de moins dans la bande de Lucien.

Dans l'ombre de Lucien,
Jérôme a assisté à toute la scène.
Il admire Lucien,
qui parle haut et fort.
Mais en même temps,
Lucien lui fait peur.
Surtout quand il a les poings serrés
et les yeux qui lancent des flammes,
comme en ce moment.
Aussi, Jérôme préfère s'éloigner
à pas de chat…

Lucien (*rugissant*) : Où vas-tu ?

Jérôme (*bégayant*) : Ben…

On n'est plus que deux…

Lucien : Tu m'abandonnes ?

Jérôme (*s'éloignant à reculons*) :

Non… mais… je…

Lucien : C'est ça, va-t'en,

sale traître !

Voilà comment il y eut
neuf enfants de moins
dans la bande de Lucien.

Hors de lui, Lucien monte
sur un banc. Il hurle :
– C'est moi le chef ! C'est moi le chef !

Khelifa vient alors vers lui.

Elle dit à Lucien :

– Tu aboies comme un chien
qui a peur… Descends de là,
et viens jouer avec nous.

Lucien (*aboyant*) : Vous n'êtes pas
comme moi !

Khelifa (*soupirant*) :
Comme tu veux…

DONG

Voilà pourquoi, dans la cour
de cette école de ce village
de ce pays, Lucien resta seul
avec l'unique enfant pareil
que lui : lui.

Thierry Lenain

Dans la première histoire que Thierry a écrite, en 1985, il y avait ces mots : « La France est de toutes les couleurs… C'est joli comme phrase, on dirait un arc-en-ciel. » Eh bien, aujourd'hui, Thierry aime toujours les couleurs, surtout quand elles se mélangent.

Delphine Durand

Elle a vécu toute son enfance au Sénégal et a appris à lire avec les aventures de Leuk le lièvre, Mame-gnèye l'éléphant et Bouki l'hyène. Elle a grandi avec Abi, Moussa et Mama-Salade et ses premiers dessins représentaient Doudou et Fatou. Rien ne lui semble plus absurde que le racisme.

premiers romans

Mademoiselle Zazie et la robe de Max

Une série écrite par Thierry Lenain
Illustrée par Delphine Durand

« Ce matin, Max et Zazie abandonnent leurs parents à l'entrée du supermarché. Ils sont trop grands maintenant pour s'asseoir dans les caddies. Ils préfèrent aller au rayon SPORTS et regarder les ballons de foot. Au milieu des ballons en plastique, il y a un ballon en cuir, doré et très cher, qui fait rêver Zazie depuis le jour où elle l'a vu :
– Avec ce ballon, je marquerais tous les buts de la Terre !
   Elle croit qu'aujourd'hui encore, Max va ajouter :
– Et moi je t'applaudirais !… »

Mais Max n'écoute pas Zazie. À la place, il regarde…
Que regarde-t-il ?